U0536349

松风集
Songfeng Ji

辛松 著

中国书籍出版社
China Book Press

图书在版编目（CIP）数据

松风集 / 辛松著. -- 北京：中国书籍出版社，2024.5

ISBN 978-7-5068-9851-5

Ⅰ.①松… Ⅱ.①辛… Ⅲ.①诗集—中国—当代 Ⅳ.①I227

中国国家版本馆CIP数据核字(2024)第082841号

松风集

辛松 著

责任编辑	朱 琳
责任印制	孙马飞 马 芝
封面设计	东方美迪
出版发行	中国书籍出版社
地 址	北京市丰台区三路居路 97 号（邮编：100073）
电 话	（010）52257143（总编室） （010）52257140（发行部）
电子邮箱	eo@chinabp.com.cn
经 销	全国新华书店
印 刷	三河市富华印刷包装有限公司
开 本	787毫米×1092毫米 1/16
字 数	97千字
印 张	11.75
版 次	2024 年 5 月第 1 版 2024 年 5 月第 1 次印刷
书 号	ISBN 978-7-5068-9851-5
定 价	82.00元

版权所有 翻印必究

作者简介：

辛松，江苏沛县人，现任职于政府机关。业余时间喜读诗书，潜心于诗词创作，古体诗和现代诗均有较高艺术水准。现代诗风格优雅，凝练简洁，有朦胧诗的含蓄内敛之美，而眼界思路又更为开阔明朗。古体诗词句工丽，化古为今，融汇古今，意境高古而平白如话。作品见于《中华诗词》《中华辞赋》《扬子江诗刊》等报刊。

自发声，即心灵
——为辛松《松风集》序

田秉锷

辛松先生的诗稿即将刊布，有友人荐读，得先睹为快。诵读诗卷，心生敬佩，作为一位公职人员，辛松先生工作繁忙，在这样的情况下，却还如此有雅思美词，如此保持着个人的深刻思索……由此让我产生了解析这些诗行，进而探索诗人精神境界的兴味。

诗集收录诗歌217首，其中旧体诗词161首，新诗56首。依其体式，诗集自然分为"旧体"与"新诗"两个单元。就两种诗体而展示的诗歌水准，并不是大多数诗人可以达到的；今世所谓"诗人"者，多数还是执于一而不能得兼。辛松起步，即新旧诗体兼而通之，其诗心向往固不在因循旧道。

另一个表象的呈现，是辛松诗作有一个涌泉喷发的"高潮期"。如果将其诗歌创作与个人经历对照，即知：2017年5月至2019年5月，整整两年时间，辛松离开生于斯、长于斯的故乡沛县，到与沛县结对的陕西麟游县挂职，其间，正是他诗歌创作的活跃阶段。有意无意之间，诗人触碰到"诗与远方"的时代热议。辛松的诗歌创作，则是淘洗了"远方"的浮沙，萃取了"诗心"的沉金，因而他的诗歌创作纯然是借了"远方"的沃土，培植了自我的"诗情"。

因为有"诗"，"文学"的"美学特质"才充分显现。辛松自述，他的诗情萌动几乎与大众忧患同步伴生，只是没有料到：换一个空间，多一份责任；拉开了距离，延长了思念；守一份孤独，增一份热望。于是，麟游挂职焕发了他的勃勃诗情，竟然托起了那一轮烛照灵魂的月华。此时，我们无须拿缪斯女神来为诗人的诗情焕发寻找精神支点；辛松的诗，分明是他的心梦、心思、心痛与心声。是麟游的挂职经历与沉静时光，给了他一个酝酿诗情与组结诗句的机缘。

上面所说，依然没有脱离"诗歌与环境"的外因猜想或表象认定。就阅读印象而言，我还是感受到辛松的诗歌创作已经传承并把握了中国古代诗歌独具的"个体性视角"——永远我执而无须炫华。

阅读辛松诗歌，有三个方面的感受。若能为他山之石，则幸甚。

感受之一：辛松的诗，有一种静态的景物展示和自然的

序
Xu

诗情引燃。阅读中，当我竭力追寻辛松的诗是从哪一个"点"上破壳而出时，接通的感知即是：面对静态之景，作物与我之对接，在完全不受撩拨的自主状态，萌生出某种感动；此之谓"静极生诗"或"醒于自我"。具有这一思维特征，我称之为"命中有诗"；而"命中有诗"即灵魂的美，即德行的善。

如《十六字令》之一，写的是谒南京中山陵感受，"桐！绿漫钟山独自行"，完全是寂静、独立的"无我之景"，待接续上"斯人逝，空留故人情"，诗情怦然而出。"空留"便不再"空洞"。

再如《更漏子》的"小庭空，石榴花透红""寂寞池塘芍药"等皆为无纷扰、无声喧之景，待"思君不见君"出，则因有所思而友情无价。

"意境"的创造是诗歌创作的终极使命。其间老生常谈也多。因而许多诗人总爱渲染"宏大景"与"热闹景"，至有"四海翻腾""五洲震荡"之寥廓。我则偏爱于诗人的写静景，抒我情，亦如李白的"相看两不厌，只有敬亭山"。

感受之二，辛松的诗，有其不枝不蔓的诗情归宿，"心结"所在，不膨不胀，而能自话自说；这就是本文标题"自发声，即心灵"之谓——诗心诗格,即人心人格,而诗歌的流韵,即心灵的轨迹。

做到这一点很难。在一种"全民共语"的态势下,是诗人发现了诗语的自由,还是诗语的深浑吸引了诗人的开怀呢?如《一剪梅》观"旅客孤雁"而生发的"山也含春,水也含春,远是黄昏,近是黄昏"语,即属诗人由"他者"引发的自我抒怀。再进一步地拓展,能不能是"天也黄昏、人也黄昏"呢?

借助"景语"向"情语"的过渡,诗人在"浅语轻谈"里已经表达了他对亲人(父母、兄弟)、故乡(彭城、沛县)、历史英贤(刘邦、项羽、苏东坡、关盼盼)和万物苍生的亲情、怜情、难忘情和不老情。凝成个人化的诗语,总会令人击节而叹:

——人生痴半如残月,梦醒泪冷无相思;

——多恨人间欢乐短,年中常忆从前;

——高处远烟尘,新村连故村;

——波冷,画舟行;独坐,忆春风;

——梦君夜行昼,竟觉春已瘦;

新诗,则极富隽永之美:"你说,春天来了,不要忘记,把风一半留在家乡,一半带进山里。"通篇无瑕的,还是《父亲,母亲,重阳》一诗,它将亲人的互爱,写到了"无声而情深":"父亲,您静静地坐着吧,看一看风,听夜莺昨晚留下的歌唱;别打扰母亲了,她今天真的很忙,很忙;她要把云铺平,把阳光纺成线,为您缝制冬天的衣裳。"

这节文字,我借了主观感受,独说诗人的"发声"。因为我深示"发声"之不易。所谓百鸟争鸣,无不顺其自然而又不违生命。辛松先生以"诗语"代言,是保留了"诗心"淡泊的。

感受之三,辛松的诗,是游走着、变化着、可发展的话语体系,来日如何,不可预知;而就本书所收诗篇而言,其构思特征已经显露了既朦胧又清晰的二元辉映。这一特征,不是由"技法"决定的,仅来自诗人对社会生活的洞穿式及多面性理解。明白了这一点,我估计,辛松诗作会在"朦胧"趋势下,走向浑然、圆融而愈加含蓄——换言之,他的诗将留给读者更多的悬疑求索。

如果允许,我将再引用他的诗句,来证明这一趋势的必然性:

——昨天,被耻笑了的真诚表白,今天,已成了国王的演讲;精英们精致的侃侃而谈,终将被野风泯灭。(《生命

册祭》）

——经常有莫名的悲伤，可从没有无名的喜悦；我昨晚把夜风训斥了，因为他把我回家的路，指错了方向。（《冬天，风穿过那片芦苇》）

——我想把我借给你的梦收回，你说，她已变成了蜗牛；在山里，慢慢爬行。（《无题》）

——用昨晚的梦，装饰今夜的月明；明天的风浇透春寒，空留月在水中。（《错位》）

你想一想，诗人的心海，曾有多少次的洋流周旋？

春风大雅，秋水文章。在诗词的世界里，诗人暂远红尘，陶然忘机，发自心灵的吟诵，源远流长，未来可期！

2024年7月18日于麦香小筑

目 录

现代诗

拉卜楞寺的夜 / 3

早安，凤县 / 4

再见，罗家山的姑娘 / 5

窗 / 6

月光丢了 / 7

秋　晚 / 8

山　秋 / 9

青莲山 / 10

山　夜 / 11

幻　夜 / 12

麟游西海苑 / 13

燕子楼 / 14

离　别 / 16

午　后 / 17

父亲，母亲，重阳 / 19

山　梦 / 20

生命册祭 / 21

致敬简单的世界 / 23

冬天,风穿过那片芦苇 / 26

街　灯 / 27

送　别 / 28

街　角 / 29

暂别小城 / 30

无　题 / 31

错　位 / 32

梧桐花开的日子 / 33

那夜的月光 / 34

西安的雨 / 35

致扶贫者 / 37

荷 / 38

小　香 / 39

山里的信 / 40

夏　夜 / 41

七月的雨 / 42

冬　晨 / 43

春天从冬天开始 / 44

琴岛记忆 / 45

影 / 46

你和九月 / 47

秋　夜 / 50

暮　色 / 51

致青春（一） / 53

致青春（二） / 54

致青春（三） / 55

西府月夜 / 56

故　乡 / 57

清明时节 / 59

风，从田野吹过 / 61

黄岛记忆 / 63

六月的记忆 / 64

风中的葬礼 / 66

重　阳 / 68

暮　秋 / 69

十　月 / 71

那个冬季 / 72

黑的夜 / 74

古体诗

登罗家山 / 79

游黄龙岘 / 79

游云龙湖 / 80

槐　花 / 80

夜宿西安述怀 / 81

夏　夜 / 81

小　满 / 82

迎故乡来人 / 82

归　家 / 83

探病中家君 / 83

山居夏暝 / 84

山中别友 / 84

微湖夜梦 / 85

雨夜山路行 / 85

夜宿关山 / 86

登太白山 / 86

夜　归 / 87

伤　别 / 87

秋　思 / 88

秋　伤 / 88

秋　念 / 89

过天水 / 89

抱病西安 / 90

相　思 / 90

徐行渭河畔 / 91

忆沛城 / 91

无　题 / 92

悔 / 92

别　妻 / 93

邀　友 / 93

冬至前夜 / 94

新年辞 / 94

麟游夜雪 / 95

小　寒 / 95

腊　八 / 96

夜登青莲山 / 96

望青莲山 / 97

过西海湖 / 97

醉行渭河 / 98

过云龙湖 / 98

春　别 / 99

过故黄河 / 99

暮登青莲山 / 100

雨后陪魏君登石鼓山 / 100

山城春望 / 101

春日西安逢友人答问 / 101

戏拟长干行 / 102

戏拟春辞 / 102

山　暮 / 103

春　分 / 103

观海 / 104

清明 / 104

断　句 / 105

游钓鱼台 / 106

夜别麟游 / 106

别西安 / 107

过滨湖公园 / 107

端午节 / 108

示　儿 / 108

端午节归乡 / 109

午后游鸿鹄园 / 109

夏夜偶成 / 110

夏夜述思 / 110

夜游云龙公园 / 111

处　暑 / 111

沛城晚景 / 112

秋　夕 / 112

过南京玄武湖 / 113

秋词二首 / 113

冬日初雨等客不见 / 114

云龙湖逢冬雨忆去岁渭河畔夜行 / 114

冬晚过大风歌广场 / 115

冬　梦 / 115

冬至夜述怀 / 116

初春，疫中晨雾，过沛县滨河公园 / 116

庚子初春 / 117

周末行云龙公园 / 117

忆　春 / 118

春　日 / 118

归村二首 / 119

晚　归 / 120

午　后 / 120

读《史记·高祖本纪》 / 121

刘　邦 / 121

雨后村归 / 122

村居秋暝 / 122

仲秋寄子 / 123

夜宿启东 / 123

公事毕别重庆 / 124

闻麟游初雪 / 124

夏　夜 / 125

夜行次疫后 / 125

再回麟游（二首） / 126

疫中晚景 / 127

行西安途中晚景 / 127

词作

十六字令 / 131
十六字令 / 131
十六字令 / 131
十六字令 / 132
十六字令 / 132
十六字令 / 132
一剪梅 / 133
一剪梅 / 133
永遇乐 / 134
永遇乐 / 135
更漏子 / 136
诉衷情 / 136
长相思 / 137
三字令 / 137
沁园春 / 138
浪淘沙 / 139
渔歌子 / 139
菩萨蛮 / 140

满江红 / 141

感恩多 / 142

江南春 / 142

摊破浣溪沙 / 143

采桑子 / 143

画堂青 / 144

阮郎归 / 144

莺啼序 / 145

捣练子 / 146

酒泉子 / 146

南歌子 / 147

潇湘神 / 147

秋风引 / 148

清平乐 / 148

花非花 / 149

花非花 / 149

捣练子 / 150

夜梦寒风吹落燕巢 / 150

临江仙 / 151

菩萨蛮 / 151

目录

减字木兰花 / 152

苏幕遮 / 152

荷叶杯 / 153

荷叶杯 / 153

如梦令 / 154

忆江南 / 154

忆江南 / 155

归自谣 / 155

伤春怨 / 156

阮郎归 / 156

采桑子 / 157

采桑子 / 157

卜算子 / 158

青玉案 / 158

忆王孙 / 159

鹧鸪天 / 159

南歌子 / 160

小重山 / 160

行香子 / 161

忆王孙 / 161

江城子 / 162

满庭芳 / 162

十六字令・秋 / 163

江城子・夜过沛城鸿鹄园 / 163

行香子・仲秋 / 164

南乡子・细雨浥彭城 / 164

长相思・秋暮 / 165

唐多令・再回麟游 / 165

松风集
Songfeng Ji

现代诗

Xiandai Shi

拉卜楞寺的夜
早安,凤县
再见,罗家山的姑娘
……

拉卜楞寺的夜

拉卜楞寺的夜
被冰了的雨打湿
围绕雪山，我已经走了很久
不小心把昨天也弄丢了

山里的风把梦境捡起
送回我来时的故园
受了惊扰的老鹅
唤醒了早已沧桑的街灯

一棵落完叶子的银杏
立在院子中央
拉卜楞寺门前的河
弯弯曲曲不知流向何方

您昨天忘记拾起头巾了
我用已冻僵了的双手
抚平，并卷起这漫天的星光
但，我终不知把她收藏在哪里

2017 年 11 月 18 日

早安,凤县

小城,被冬阳迷失在山里面
两只鸟在街心鸣叫

悠悠丝竹传来,谁在弹琴
哦,好像你纤弱的影立在窗前

走在寂寥而短促的小巷
并没有油纸伞和丁香一般的姑娘

看来,只能把时间烘焙
研成细细的末,慢慢品尝

哦,我明天会去山上
播种一颗太阳和月亮

2017 年 11 月 19 日于凤县

再见,罗家山的姑娘

故意坐上一列绿皮车走出大山
在哐当哐当声里,夜是如此寂静

我是如此不安和愧疚
把你遗忘在山的里面

我想用诺言遮住我的脸
把梦境安放在你的身边

你的微笑,依然灿烂
美丽手臂轻轻挥别

窗外,暴风雪正袭扰这个冬天
希望春来的消息已到前面的车站

2017 年 11 月 30 日于麟游罗家山

窗

你的眼里,只有
一块长方形的天空

没有叶子的枝条
默默注视着云朵

声音已经凝固
鸟儿也已飞走

一条长满草的土路
没有了回响的脚步

曾经的小河业已干涸
鱼儿也已不见

穿白色长裙的姑娘
留在了你过去的夏天

你想着她
我望着你

2018年3月27日

月光丢了

月光丢了
谁偷走了你的梦
放进了蜗牛的壳
于是
你的世界
没有了，那一抹金色

2018 年 7 月 9 日

秋　晚

昨夜说的雨　　终究没来
窗台上的兰花也还没开
那只常飞临的雀
不知道去了哪里

青莲山
像佛一样　　闭着眼睛卧着
山上的槐　　今年没有太多花香
四月　　有了一场倒春寒

院子里的两棵山楂
树冠很大　　果实有些稀疏
树下秋虫的鸣叫很悦耳
应该是一只迁徙来的蛐蛐

傍晚　　突然下了小雨
马路上的行人　　没有打伞
我慵倦地坐在窗前
雀儿依然没来　　兰花也没开

2018年9月2日于麟游

山　秋

一场雨　凉了山里的秋
我终究没有来得及伤感
河边垂柳的绿便消了
栅栏旁木槿花的红也瘦了
台阶上的苔米亦已黄了

寒蝉喑哑　有着无比的忧郁
时间受了潮　湿漉漉的
我轻轻裁剪出一片　一片
放在胸口　用体温去抚慰

我用时间把梦卷起
装在信封里
想寄给你存着　等我归去
可我把地址忘记了

2018年9月3日

青莲山

窗前有座山
像卧佛一样　无言
望久了
我似乎也成了佛

2018 年 9 月 4 日

山　夜

山里的夜

被五个精灵灌醉

梦变得像羽一样轻

摘下十二颗月亮

在湖里清洗

只留一颗在天上陪你

2018 年 9 月 11 日夜于麟游

幻 夜

夜，吞噬了天空的眼
不会再有流星划过
因为，明天早已被今天出卖

2018 年 9 月 14 日于宝鸡

麟游西海苑

烟雨千年
似江南笼纱
西海微澜
倒映九曲廊桥

袅袅娉娉
岸畔纤柳飘曳着
弱荷默默
何处传来轻语倩笑

远处蜃楼绮窗
若隐于翠峦
钟消夕阑
不知是雾绕还是烟照

2018 年 9 月 22 日傍晚

燕子楼

月亮升起来了　夜色却仍在徘徊
霞光在天的尽头　并没有消退
燃烧的云　镶着薄彩的边

细柳的丝绦　曳坠在湖面
晕开层层的涟漪　波心似有鱼在亲吻
风略有凉意　掠过我依然憔悴的发

水中倒映她不曾住过
但永恒恋着的你
夜露和一泓的悲欢

燕子应该早已南飞了吧
偶尔的喁鸣　若隐
疑是泪珠点点

你背负千年枯藤
和幽怨　思念
感恩这静雅的天空

你曾经美丽的窗子被风打开
那只粉色的奁盒是否还在
掩藏着她的忧伤

但　无论怎样
因为有她
这里的秋夜才如此绵长

亦是仲秋的日子
她走过的竹径
脚步已无处可觅

樱花早已败了　留有桂花在开
浓郁的香在月光下可见
可并不知谁人在嗅

你半开的窗　又被风关上
传来她的叹息
湖中的影已慢慢浅疏

　　2018年10月1日，中秋的傍晚，走过燕子楼，静默无人，桂花香溢，燕子楼孤独伫立湖畔，忽然慨叹佳人已逝，空留千年爱恋，愿今人珍惜，时光有序。

离　别

村庄渐渐远了
炊烟也已淡了
你浅浅的叹息
有点儿潮湿
我轻轻揣在怀里
周边
草木已摇落

2018 年 10 月 4 日

午 后

午后,阳光慵懒如邻家的猫
轻轻敲我的窗

窗台上的兰,怯怯的
没有言语

一片不知是槐还是柳的叶
被风吹落

空空的台阶
没有了夏日蝴蝶翻飞

阶下的苔米,似群蚁簇拥
依然碧绿

悠悠钟声传来
穿过历史的砖墙

一只鸟，从挂满山楂的树上惊飞
带走了风的恋情

一朵云，飘过
明天，阳光不会生锈

2018年10月11日午后于麟游县政府

父亲，母亲，重阳

父亲，您静静地坐着吧
看一看风
听夜莺昨晚留下的歌唱

别打扰母亲了
她今天真的很忙
很忙

她要把云铺平
把阳光纺成线
为您缝制冬天的衣裳

2018 年 10 月 17 日

山　梦

在山里，做了一个梦
你送我一只白色的螺
有着淡淡而美丽的花纹

我轻轻把她放在枕边
于是，听见海的声音
闻到阳光的味道

从此，时间变得安详
夜晚变得雅静
我也成了一个幸福的人

2018年10月20日

生命册祭

月亮被风装进你的奁盒
星星也不见了
窗的剪影
镶嵌在白色的墙

天庭被暗夜操纵
对我
不再是善良的安慰者
夜莺亦失去轻灵的鸣啭

哦,你送我的玫瑰日渐枯萎
感觉自己即将死去
于是,把一秒化作一天来过
呵,我已经生活了万年

昨天,被耻笑了的真诚表白
今天,已成了国王的演讲
精英们精致的侃侃而谈

终将被野风泯灭

屋檐下,你种下的三叶草
长满晶莹的露珠
我一颗一颗串成美丽的项链
想给你留作永恒的纪念

这是我为自己的葬礼
写的赞美诗
不知道,你是否愿意
穿起那洁白的长裙,为我歌唱

2018年10月20日午夜于麟游

致敬简单的世界

夜晚,乡村被雪锁住了忧伤
炉膛里的火,散发劈柴的木香
温暖着母亲疲惫的身体
早已被零落的梦境
似乎,重新融进我的心底
那里,曾经有着无法诉说的沧桑

走进新疆
天山的雪莲
散发着圣洁的光
大漠屹立的胡杨
用孤傲迎接春天
那里,曾经驼铃绵绵不绝

走过那座叫过长安的城
被晨鸟惊醒
淡淡的雾
浸润着车笛轻慢

松风集
Songfeng Ji

她也慢慢醒来
找回了曾经丢失了的四季

忆起有个地方，叫御塬
白鹿也曾走过
玉玉姑娘
你房间久久不亮的灯
已发出温馨的光
偎着祖母，给她读一遍曾经的故事

高铁执着地把群山赶走
人们安详读着晨报
孩子也不再追逐
更不会哭泣
搂起妈妈的脖子
留下一个温暖的吻

我们相约把月亮装进行囊
走入秦岭深处
去辨认每一株植物
你写下她们的名字

画下她们的样子
我配上一首温婉的诗

清晨，从一个晴朗的梦中醒来
推开窗，面对大海
不需要春暖花开
只要把微风揽住
谛听海子的声音
唯愿你，做一个简单而幸福的人

2018年11月22日于宝鸡

冬天，风穿过那片芦苇

经常有莫名的悲伤
可从没有无名的喜悦
我昨晚把夜风训斥了
因为他把我回家的路，指错了方向

经常有无缘的爱
痛苦总会把喜欢的花化成彼岸
冬天的芦苇，并不是没有生命
沙沙的声响，是对河的辩解和表白

尘世不应再有精致的人
把所有的灵魂，朴素成那塬上的炊烟
当远山的青翠变得如此苍凉
我知道，你不会再来

2018 年 11 月 25 日

街 灯

风吹皱帷帘
月亮已睡了
把寂寞的街灯放飞天空
化作相思的眼

2018 年 12 月 4 日

送 别

我说,我要走了
你说,你一夜未眠

那天,宝鸡下了第一场雪
浅疏的风被洗得晶莹剔透

你不知从何处折了四朵梅
轻轻放进我的行囊

你说,春天来了,不要忘记
把风一半留在家乡,一半带进山里

2018 年 12 月 12 日于宝鸡

街 角

梦里
有雪
我，走过一个
寂寞的街角

雪地
有痕
像，水晶鞋的印

梦醒
没有了雪
也没有了痕

只有
天上的一轮清月

2019 年 1 月 20 日

暂别小城

我想带走一片山
和山中片片绿意
那里有你曾经的微微叹息

我想带走一眼泉
和泉下潺湲洌流
那里有你曾经的淡淡泪痕

我想带走春槐、夏薇
和暮秋的格桑无言
那里有你曾经的嫣嫣笑靥

静夜褪去繁星
晨光把梦包裹
寂寞钟声,悄然远去

2019 年 2 月 23 日于西安

无 题

我想把我借给你的梦收回
你说,她已变成了蜗牛
在山里,慢慢爬行

2019 年 5 月 20 日

错 位

用昨晚的梦
装饰今夜的月明
明天的风浇透春寒
空留月在水中

2020年3月11日

梧桐花开的日子

三月,原野
一棵梧桐,花开星灿
但,寂寞如夜水
倒映清冷残月

清明,淡雨
零落了满地紫色风铃
把铃声捡起
装进天蓝信封

选一个忧郁的日子
偕着你目光
去远方
钓起一江秋水

2020 年 4 月 2 日

那夜的月光

那夜的月色,如水
一片海棠的叶子
被风吹落在,你的影子上
没有声息
安静得像明日的梦
夜渐渐深了
蛙鸣也隐了

2020 年 4 月 8 日

西安的雨

外面下雨了
巷口的那棵红樱
只剩下点点香残
没有一个人走过
包括那把忧郁的油纸伞

海棠被洗去往日的尘埃
虽然花朵也是坠落满地
但不变的是
她依旧悠然，悠然

不知道你那儿季节有没有变换
村前小河的芦苇应该已发芽
两只抑或更多的鸭子在凫游
柳条在浅风中摇曳

外面下雨了
并且越来越密
我已走过巷口
在海棠树下
打着的是一把青伞

2019 年 4 月 20 日于西安高新区

致扶贫者

夜幕降临了
跟我走吧
带上手灯和行杖
去山里寻找最远的灯光
等春虫不再喁鸣
我们便到了

2019 年 4 月 25 日

荷

阳光柔和而美
你的倒影
映在清冽的湖
和云一起，絮语

月色迷蒙而忧郁
你的侧影
映在被微风轻抚的窗
和星一起，无言

露珠突然醒来
却不再见你的影
于是
太阳和月亮也不见了

只留下
淡的云
和幽的窗

2020 年 4 月 28 日于大唐芙蓉阁

小 香

北方小城的夏天,真的很热
树荫被烤得蜷缩,如残荷

我路过一座公园时
你睡着在玉兰树下的长椅

一只蝶,伏在你光洁的额
像童话,我守望了很久

我知道你的名字叫小香
那年你五岁,我十岁

2020 年 5 月改

山里的信

你来信，
说，山里的夜真的很长
风有点儿冷，星星也都不见了

一种不知道名字的虫子
在传说中，没有天敌，鸟儿也不吃
你恐惧，不知道客房里是否会有隐藏

我说，你把我的梦折叠
放在枕下，便能安眠
你说，窗外河水轻潺，荻花似乎也开了

2019 年 9 月草，2020 年 5 月改

夏　夜

走在蛙鸣微湿的堤岸
用手轻拂这浅疏的夜
偶尔的雨点　滴落在我的额
但并不知味道是苦涩
抑或咸甜

不远处的亭　被竹影摇曳
传来淡淡私语
讨论的不是战争　瘟疫和死亡
不是秦岭　渭河　粮食和蔬菜
唯一的笑声被风埋葬

攀附于绿篱的蔷薇　谢了
你的邀约如落寞花瓣
散漫石径
今夜没有月亮
不知道明天太阳是否会升起

2020 年 5 月 17 日

七月的雨

预报今天有雨
可没有说有太阳

街心，红绿灯坏了
没有车来车往，孤寂如夜

一棵没有花的树，有些瘦弱
雨水似泪，打湿她的影

有云过来，明天依然有雨
不知还有没有太阳

2020年7月6日

冬　晨

早晨，从橘色的阳光
穿过淡淡雾岚开始
空气中弥漫着露水的味道

一只黑色的鸟
安静如纸鸢
飞落挂满黄叶的梧桐

倡楼河，仍波澜不惊
轻轻地流向自己要去的地方
芦苇枯了，但依然挺拔

阵风吹来，传来嗒嗒脚步声
回首处，不见你来
只有竹影摇曳和浅浅寒凉

2020 年 11 月 11 日

春天从冬天开始

白色的风掠过结冰的河
冻僵的芦苇
放下了春天的尊严

岸上的旧柳
把昼日送回暗夜
用幻梦装扮黎明珠泪

哪里传来鸽哨
划过长天
把太阳点亮
寂寞终将被寂寞唤醒

2020 年 12 月 13 日

琴岛记忆

潮汐拍打着夜色
港口却依然静穆

巷口,一只慵倦的猫
偎在橘黄的街灯里

背藤缠绕着木棉
红花坠落满地

长笛邀约远海浪涛
隐约着你的回音

月亮今夜不会升起
波桥在梦中轻眠

2021 年 3 月 27 日夜于鼓浪屿

影

夜色弥漫着我的窗
久已疲惫了的灯　笼着我和你

你想与我对话
可我只想感谢光的呵护

2021 年 10 月 2 日

你和九月

一

我知道,你的世界里没有动荡
只有光和影
沮丧
你也已无法读懂

二

庖丁解牛的故事
慢慢已化成碎片
只有脚下的土地
是你最亲近的挂念

三

那只快成熟了的向日葵
是你出生啼哭的符号

现在，每日在追逐阳光
同时在追逐着死亡

四

我反复用并不熟悉的数论
证明，过去的昨天
今天是否能回来
可终又不能

五

时间的流逝，像爱情一样
不需要挽回什么
最多
删除曾经说过的情话

六

那只陪伴着你的细犬
偎依在你的脚下

倾听你呢喃的记忆
和你一起咀嚼死亡的味道

七

直面死亡而珍惜生命
就如夏日和冰
太阳升起，消融了无痕迹
在风中，只留有一丝凉意

八

一切，又回到了你的世界
归于平静
没有动荡，只有光和影

2021年10月5日

秋　夜

我小心翼翼地走着
没有月亮　也没有树的影子
幽僻处　只有一只秋虫在鸣叫
没有和音　也没有风的原始忧愁
飒飒的竹　不愿意静坐
追逐着远处偶尔遗漏的光明
我想把自己化作一棵藤
和这阒静的夜对话明天
而这黑的夜也终将是我明天的掩护

2021 年 10 月 7 日

暮 色

太阳就要落下
霞光染红了村头的青杨
你蹲坐在碌碡上
点燃了那只旱烟
几头老牛,懒散地围卧在你身旁
用不停的咀嚼
配合你呼吸的烟雾

微风吹来,满满春天的气息了
这是你熟悉的世界和季节
单调而又重复
你没有愉悦,也没有不快
一只牛虻飞来飞去
你也只是挥一挥手

你用简单的目光望着草房和炊烟
我知道,你不关心宇宙和天体
也不关心星星是金色还是银色

你只关心明天是否有雨
垛上的青草够不够牛们吃一天
就如同我
近期只关心空气有没有雾霾
偶尔关注一下俄罗斯和乌克兰

又是春天，又是暮色渐浓
你早已消失
如同你凝望过的炊烟和草房
已没有多少人会记起你
对我来讲，你也已渐渐抽象
犹如若干年后的我

已经入夜，我站在十楼
窗外是新的风景
窗内是我的倒影

2022年2月28日

致青春（一）

把月亮折成鸟的模样
放飞在散发桂香的夜空

你坐在那里
安静如杯中碧绿的茶

星星一颗颗落入湖中
引得蛙鸣如约

清风吻着你圣洁的额
山影终拥你入怀

桨声传来
我会用晓灯照亮你的来路和归途

2022 年 5 月 31 日夜

致青春（二）

昨夜，我醉了
不小心，把你的梦弄丢了
于是
我的世界，没有了月色
只剩
远处的点星，留有些许的光

2022 年 6 月 1 日

致青春（三）

从明天开始
我化作山间一株
无名的植物
依偎在潺潺细流

从明天开始
我化作夜空的一颗
并不明亮的星
依偎在涓涓银河

从明天开始
孤独是如此俏丽
我和你相拥
只为淡淡的明天

2022年6月20日

西府月夜

确已是深冬了
原上的绿植
也早已没有可落的叶
老街的记忆
空留一只惊飞的鸟

两棵树的虬枝
遮住了望月的目光
她们的影　相依相偎
安静得　只能听到彼此的呼吸

风依然浅淡
远处　一声低的叹息传来
有着些许悲的味道
我说我明天就要离开

忙碌的日子
犹如山里荒废的车站
不见了过去和未来
和那晚的月

2022年11月20日

故 乡

又是大雪的日子
大沙河依然绕着你
缓缓地流
并没有结冰

也许是冬天的缘故
你的胸膛似乎早已干瘪
像极了
死亡的蒲公英

很久以前寄给你的蓝色的信
被你丢弃
犹如老槐脖子上曾经的古钟
回响，只留在记忆里

浅淡的雾
渐起渐落
一棵柿树

竟然有通红的果实暂存

一只鸟飞来
然后又飞走

          2022 年 11 月 28 日

清明时节

清明时节，空气中充满悲伤
我躺在池塘边的一块卧石上
一只翠鸟叼啄我湿漉漉的头发
几名浣纱归去的村妇
摇曳着彩色的背影
把羞涩镶在傍晚寂寥的田野

思念久已回不去的故乡
我光着脚，蹚过门前的小河
鱼儿不时咬啮着我的踝
几名戏水的村童
跳跃着清净的笑声
把澄澈缠绕袅袅炊烟

因为你对我的冷漠
我一个人没打伞
孤独走过那个曾经的雨巷
几名闹嬉的少年

追逐着青春的欢快
把单纯编成雨丝挥洒

不是我不愿醒来
我想找寻一个又一个丢失的我
在已经的荒原跋涉
让冰冷的风的钥
开启记忆的泪水
灌浇出我含着盎然绿意的梦境

2023年4月5日于沛县陈庄

风,从田野吹过

北方的夏天,依然闷热
空气中弥漫着熟悉的麦香
风,从田野吹过
布谷鸟,如约而鸣

夜里,下了一场雨
路面上,还有着斑驳的湿意
风,从村庄吹过
白色的蝶,飘落在沟渠边盛开的萱花

村后,有一条小河
缓缓的流水,亲吻着岸柳的枝条
风,从水面吹过
鱼儿,在半隐的莲叶下追逐

明天就要收获了
他在遥远的地方,忘了归途
但为你写了一首舒缓的歌

随着河中的縠纹荡漾

风，从黎明吹过
穿过你乌黑的发
布谷鸟声明亮而急促
小河的流水依然清澈

2023 年 5 月 23 日于沛县

黄岛记忆

早晨醒来，外面正下着小雨
一只不知名的鸟，在窗台站立
海风有些凉，伴着些许阴郁
在静默中
空气充满无限彷徨

时间已经停滞
我把今天也已然忘记
不知道现在的自己
是真实的，还是仍在睡梦里
而梦中遇见的是现在的你抑或明天的你

竟然有香气传来
是那两棵玉兰树，花儿盛开
鸟儿也迅速飞走
窗下，一个打着伞的人匆匆走过
不知道是不是你

2023 年 6 月 4 日晚

六月的记忆

昨夜，下了一场不该下的雨
虽然滋润了早起的云
风吹落了梦里的月
挂在了檐下蔷薇的记忆

池塘的水满了，漾出了屋后的小路
盛着衣服的木盆，飘走
随着络绎的鱼
像小船一样，却没有桨

也许下午，会有夕阳西下
阒静的河畔，蒲公英的伞
飞翔成天空的点缀
堤顶的路，蜿蜒着，不知何终

野草簇拥野花，成了我的乐园
你把煮熟的鸡蛋，随意扔在其中
让我寻找，虽然可能有蛇出没

结果是你预见的快乐

也许下午,没有夕阳西下
但我仍幻想,背起你亲手酿的酒
纵马天涯,追逐大海星辰
让你望我的背影离去,充满泪水

2023 年 6 月 18 日父亲节于沛县

风中的葬礼

并不刻意地回村
却赶上了你的葬礼
淡紫色的风,吹白幡飘飘
儿女哭得很悲切
泪水如老屋后的池塘,早已干涸

久疏了的故乡,碌碡、碾子、大槐树都已不在
我对你的印象也停留在从前
只知应称呼你两个辈分
一场病,禁锢了你的肉体和魂灵
但死亡,对你,仍是现在不该有的
悲凉

女儿嫁去远方
儿子把故乡过成他乡
病躯与狗相伴
是你最后唯一的温暖
夜里的星星也无法对你探视

生活依然如常，没有茶余
唢呐声声，是对你最好的赞歌
夕阳西下，新月东升
蒸烟萦绕着古老的村庄
人们在芦苇的沙沙声中渐渐睡去

2023 年 7 月 15 日于沛县陈桥村

重 阳

秋色依然，如你在的那些年

村头的那棵楝树，叶子似乎落得更早

路边的野菊，仍有着淡淡的香

阳光温暖，在屋檐下，池柳间和乡间那条小道

可我再也无法登高望远

因为我眼前没有了那座山

心中的茱萸也只能在梦里扦插

明天的雨会洗刷四季，连着这个秋

2023 年 10 月 23 日

暮 秋

一

多少年了,我经常走过这湖岸
从黄昏到清晨,从春夏到秋冬
今天,堤顶的杨柳
在寒风的萧索中,叶子早已落尽

一条汊河,被渐衰的芦苇半掩
向湖的深处蜿蜒
浅雾如烟,在夕阳下温顺如你
倏然惊飞的野鸭,传诉着寂寥和眷恋

二

太阳忘却了自己
曾经是四季的主宰
而今,显得困顿和羞赧
真不该把霜降定在今天

荷花的确已枯萎

已泛黑的叶子，倾圮在水面上
而水莲却依然青翠
簇拥着满天的云

远处，有渔船行驶
没有渔歌，只有沉闷的马达
我只能把此定格为童话
可又觉得，有点儿牵强

三

我知道大雪将至
万物都会选在一个月夜冬眠
一切心声都会隐藏
在没有灯光陪伴的玻璃窗后

檐下的素竹，沙沙作响
清晰的影儿，被映在石板路上摇曳
冻醪带来的快感在瞬间消失
这才知道自己是一个陌生的人

2023年10月24日

十 月

新月渐渐升起来了
天空洁净如水，没有一丝浮云
一颗星，独自飘零在一隅
似天使的泪珠，滴落大海

倏然，一阵凉风吹来
感觉青衫更薄了
竹林深处，秋虫在喁鸣
月影下，桂叶摇曳作响

灯峰已息，街角谁人在拉琴
渐萎了的玫瑰，仍有一枝独放
菊香若有若无，不知来自哪里

跌落湖中的夜，业已苏醒
早航的小船，传来轻轻的水谣
你的脚步，依然丈量着四季和我的思绪

2023 年 10 月 28 日于鱼台

那个冬季

那个冬季,来得似乎更早
天空也愈加澄澈
缕缕炊烟与耕云、落日衔接
炫耀着炉火的温暖

硬化过了的道路有些破败
更没有了乡村土路的纯朴
羊群在咩咩声中蹒跚而行
黑色的家犬,不失时机地在后面狂吠

荷锄而归的村民,脸庞有着笑意
他们的内心应该是充满骄傲
骄傲拥有虽小但属于自己的农田
农田里每天出现的野兔、山鹑和很多无名的雀鸟
传递着从上古至今的快乐

天气渐冷,柿树只剩霜红
但从未阻止村里人每天的劳作

因为他们明白
大地供养牛羊和一切生灵包括我们
他也同样需要我们供养

现在，又是冬季
村子不知是宁静还是孤独
晨昏更替如常
但夜里，只剩下月华如水
和偶尔被惊飞的宿鸟

2023 年 11 月 29 日子夜

黑的夜

因着最后一丝光线的湮灭
黑的夜如约而至
我也唯此慰藉虚度的时光

星星在寒风中杳然而逃
枯了的芦苇,传递出沙沙声响
犹如你的心跳

月亮终于耕云而出
我的躯干和灵魂
被桎梏在遥远的高台

一点儿都不愿意沉默
可又厌倦一切精致的演讲
随心所欲,可终被梦境拖累

残茶和晓灯,结成伴侣
在我面前,犹如一簇燃烧了的火

把这个夜分割成形和影

我喜欢这暗夜,
她是我尘世的注释
如此眷恋,宛如你曾经的誓言

时间终将被时间打败
夜也终将被黎明替代
把沉寂抿在唇间连同这已冷的茶水

2023 年 12 月 9 日夜

松风集
Songfeng Ji

古体诗

Guti Shi

/

登罗家山
游黄龙岘
游云龙湖
……

登罗家山

夕阳下翠谷,泉困苜蓿疏。
酒尽闻犬吠,客闲赋雁书。

2018年4月20日,夕阳西下,陪西安友人一起登上麟游西南罗家山。山上,景色秀美,晚餐小酌几杯,尽兴而归,渐夜深。

游黄龙岘

紫藤蔓柴门,溪碧映柔云。
若适佳人意,何时不是春。

2018年4月25日于南京黄龙岘

游云龙湖

兼葭始蕤风含柳，潋滟波光峭寸寒。
放鹤亭前泉仍在，唯独不见醉子瞻。

2018 年 4 月 28 日于徐州

槐　花

（一）

昨日偷风藏深山，碎玉十里香若兰。
万木齐天云舒卷，霜杀露重蕊恒娴。

（二）

雨润草无言，繁星落树间。
东风忧寂寞，桂馨绕青山。

2018 年 5 月 4 日

夜宿西安述怀

深冬觉梦寒，浅夏夜风暖。
信鸟询波浪，孤云问远山。
长安久已陌，古沛大风残。
勿论淮橘枳，游子世事艰。

2018 年 5 月 7 日，夜宿西安，辗转难眠。

夏　夜

雨霁红残夜半凉，风清灯冷影孤长。
蛙鸣何处柔云卷，浮梦海棠念故乡。

2018 年 5 月 20 日傍晚，漫步渭河河畔，夜宿宝鸡海棠假日酒店。

小满

布谷声促丝雨落,莺啼草长豆娘飞。
梦醒方知身是客,但问漆水何时归。

2018 年 5 月 21 日,小雨,麟游

迎故乡来人

山雨潇潇风浅凉,千里情系渭河汤。
乡音凝泪无言怯,何日梓里话短长?

2018 年 5 月 26 日,"百企联百户"行动启动,当日沛县三镇助资 45 万元。

归　家

布谷鸣乌小麦黄，风吹莲动惊鸳鸯。
梧桐叶落柴门闭，促叩只闻细犬狂。

2018年5月31日，陪麟游组织部回沛送挂职干部，工余，归家看望父母，敲门不在。

探病中家君

去春拄杖事桑蚕，今岁泪浊口吝言。
空自凄凉愁日短，安能耄耋悔华年！

2018年5月31日于沛县陈桥

山居夏暝

寂夜瑶窗桂魄沉，清风碧槛涧隈深。
独怜幽草哀行露，绮梦相思叹冷衾。

2018年6月4日夜，伴友居山城，感千里友情，记之。

山中别友

夏夜空山野犬吠，公门浊酒影三人。
举杯邀月群峰醉，他日思君忆露痕。

2018年6月6日晚，在铁炉沟村部，送别驻村到期的陕西省政法委的同志，夜阑酒兴，山中犬吠，似群山毕至，感慨良多。

微湖夜梦

晓雾薄凉月似纱,坠荷夜露惊浮鸭。
微湖不解秋风怨,旅梦佳人泣胡笳。

2018 年 6 月 11 日,昨与客人聊起微山湖风云变幻,晚竟梦见,记之。

雨夜山路行

雨霁翠微远,雾缭溪涧寒。
灯孤迷崎路,酒酽夜平阑。

2018 年 6 月 25 日夜,细雨,从两亭归。

夜宿关山

山夜轻寒行客至，群星肃列万马鸣。
清风醉酒千峰拜，旅梦天关恨雨铃。

2018 年 7 月 2 日晚于宝鸡陇县关山草原

登太白山

孤影万重山，夜渡桃花源。
断雾缭叠翠，凌云卷幔褰。
凛风石海涌，冷仞古栈残。
奋笔泼诗墨，归时化作仙。

2018 年 7 月 9 日

夜 归

日晚边城钟影远，青山西望客雁飞。
灯昏渐觉夜风冷，犬吠归人闲问谁。

2018 年 7 月 14 日晚于麟游

伤 别

湖平极目眺，燕绺暮云舒。
昨日别君去，孤留笑似初。

2018 年 7 月 22 日，傍晚，忽思几年前陪友人夜游云龙湖，恍如昨日，颇多感慨，且行且珍惜。

秋　思

裁云作素笺，寄梦万重山。
雁去当知意，萧萧北风残。

2018 年 8 月 13 日

秋　伤

桂瘦寂风凋，凭栏断雨潇。
邀松松不语，叶落冷溪桥。

2018 年 9 月 15 日午后，时值周末，雨霁，登青莲山。

秋 念

今秋未去念明秋,恐怯明秋寄客愁。
阅尽人间沧桑事,初心不忘莫耽留。

2018 年 9 月 16 日旅西安

过天水

雨潇柳叶凄满地,片片相思点点愁。
欲寄点愁伤离处,花零彼岸水东流。

2018 年 10 月 27 日过甘肃天水

抱病西安

口疡鼻塞涕清流,旅梦不浮怅暮秋。
朝露未晞长安去,男儿志应跃九州。

2018 年 10 月 28 日于西安

相　思

风凄凉叶叩芸窗,叶叩芸窗片片霜。
片片霜消愁烬泪,消愁烬泪风凄凉。

2018 年 11 月 2 日,深秋叶落,麟游。

徐行渭河畔

空山漠漠客急归,岸雪履痕败草微。
洌水潺湲冰挂碧,疏梅惆怅候夕晖。

2018 年 11 月 11 日

忆沛城

山影笼月渐晨昏,断梦九回泗水滨。
春日相偕花间醉,清风细柳网烟痕。

2018 年 11 月 12 日于太白县

无 题

雪落经年逝,风萧忆瑟琴。
谁解山中客,空留寂寞心。

2018 年 11 月 16 日

悔

夜醉梦无端,中宵悔凭栏。
星残追逝月,寞寞自心寒。

2018 年 11 月 24 日于宝鸡

别 妻

窗染新雪夜风辞,浅语晓灯纳暖衣。
他日回乡烛有泪,烹茶拣字闲谈棋。

2018 年 12 月 16 日

邀 友

茶残灯倦闲画窗,雨浅影疏瘦海棠。
风淡烟阑萦细梦,佳时伴客向春江。

2018 年 12 月 18 日,冬雨绵绵,邀友春日向徐,友欣然,兹记之。

冬至前夜

檐竹瑟瑟月寒凉，楚客轻眠怅碧窗。
骤问家妻茶淡否？灯阑梦醒满庭霜。

2018 年 12 月 21 日夜于麟游

新年辞

晴云出碧晨，梅雪暗香氲。
对镜理斑鬓，今时应是春。

2019 年 1 月 1 日

麟游夜雪

絮飞夜潜踪,寥落小庭松。
眠客惊浮梦,自此江海空。

2019 年 1 月 3 日夜于麟游周转房

小　寒

远山老树碎夕晖,近水冰澌岸草微。
昨日谁家剪旧柳,东风断雪燕知归。

2019 年 1 月 5 日傍晚于凤翔

腊 八

客雪寂高丘，晨晖柳径幽。
廊桥遗旧梦，谁为煮新粥？

2019年1月13日，农历腊八，行走杜水河廊桥处，闻腊八粥香。

夜登青莲山

空阶宿鸟飞，夜半笑声微。
四顾群峰寂，凭栏望月晖。

2019年1月13日夜

望青莲山

凭窗向浅山,对饮苦茶残。
夕照萦新月,风阑倦鸟还。

2019 年 1 月 19 日晚于麟游县政府

过西海湖

古柳寒桥曲径深,孤泓漪翠没烟云。
千年笑咽秋风去,万世空阶染黛痕。

2019 年 1 月 21 日,游麟游县九成宫遗址。

醉行渭河

清风浅问黄金柳,野径苇残醉客匆。
落日孤鸟啄旧雪,浮云不见长天空。

2019年1月25日,中午在宝鸡遇友小酌,微醺,徐行渭河北岸。

过云龙湖

澄风玉苇夕晖短,桥冷湖平泛画舟。
旧雪融香梅暗嗅,烟濛柳渚倦沙鸥。

2019年2月7日

春　别

天雪晚来绿无端，红梅落早香未阑。
清风拜柳西行客，浅笑十里锦瑟弦。

2019 年 2 月 9 日于徐州云龙湖畔

过故黄河

残雪融春云水寂，腊梅香褪柳风轻。
千年难辨古河岸，不见黄楼远客行。

2019 年 2 月 13 日于 1875 次高铁

暮登青莲山

山外春色早,谷中浅翠痕。
晚钟惊宿鸟,旧雪映归人。

2019 年 2 月 17 日

雨后陪魏君登石鼓山

雨霁烟云眷翠微,谁人浅笑嗅疏梅?
远钟催起林中客,双鸟同翻倦柳归。

2019 年 2 月 25 日

山城春望

疏雨潇潇泡暮寒,青伞寞寞独凭栏。
鹧鸪何处悲声滞,远望春山苍似烟。

2019年3月1日,小雨,去西安开会路上,出麟游,进岐山暂停小憩。

春日西安逢友人答问

暮雨萧疏宛似秋,新山漠漠锁春愁。
归时可借秦岭月,照梦故园泗水流。

2019年3月3日于西安

戏拟长干行

梦回云水滨,君住我东邻。
俏问来何处?棠梨雨雪纷。

2019 年 3 月 8 日于徐州

戏拟春辞

春山春鸟御清风,春水春花映不同。
春短春岚霞远照,春思春梦望长亭。

2019 年 3 月 9 日午于太白

山 暮

青峰烟照绿杨堤，苍壑柔云映冷溪。
隐约人家闻犬吠，竹喧惊鸟迟景西。

2019 年 3 月 15 日，从酒房归途口占。

春 分

两年客路恍如梦，暮雪晨霜问几愁。
春半倚栏听杏雨，为伊新赋醉高丘。

2019 年 3 月 21 日于麟游

观海

云涌碧沙清,远笛潮水平。
波桥浮旧月,风静坐从容。

2019 年 3 月 25 日于鼓浪屿

清明

(一)

晨晖斜照老梧桐,清露海棠影浅秾。
寂寞寒桥柳钓水,湿花满地怨东风?

2019 年 4 月 5 日清明

（二）

三月正清明，半城烟柳轻。
唐人诗已尽，何处觅春风。

2019 年 4 月 6 日于西安

断　句

杨笛春怨桐花落，香径凉桥戏野鸭。

2019 年 4 月 11 日于凤翔东湖

游钓鱼台

柳木阴阴梦杜鹃,相思难寄恨无笺。
归时磻溪钓秋水,夜半雨轩对坐山。

2019 年 4 月 17 日傍晚于宝鸡

夜别麟游

月冷霄残槐影疏,路崎车顿惊鹧鸪。
自兹江海长风醉,秋日承欢结草庐。

2019 年 4 月 26 日晚于麟游

别西安

烟雨春山空,听风花涧鸣。
化蝶桑梓去,秋水钓姜翁。

2019年4月28日,微醺,辞别长安沛籍乡友。

过滨湖公园

风入平林鸟宿莲,孤星点泪梦轻寒。
借摘夏珠瑶池赴,不恋人间五月天。

2019年5月18日,夜,微醺,误入滨河游园,思过往风雨,慨并寄君。

端午节

东来西去又端阳,旧柳掩窗闻粽香。
半梦柴门母望远,布谷声促为谁伤?

2019年6月8日,农历五月初五,端午节,回乡中午浅眠。

示　儿

无儿应比有儿强,不用魂牵梦远方。
苟利蝇权以为孝,长生半醉世沧桑。

2019年6月8日

端午节归乡

风清入正阳,日暮急归乡。
旧柳连塘碧,新烟绕故墙。
布谷声渐促,犬吠远人忙。
夜半托镰月,轻眠愿梦长。

2019 年 6 月 9 日于徐州

午后游鸿鹄园

蝶傍黄花莞柳垂,风抚翠苇鸟偶飞。
舟孤荷倦眠芷岸,月冷秦关客梦回。

2019 年 6 月 11 日,午后行鸿鹄园,园内静谧浅热,思已归月余,忆关山冷月,恍在梦里,感而记。

夏夜偶成

夜静风阑烟柳轻,苇疏荷淡隐蛙鸣。
小舟桥下影独横,孤坐闲亭望月升。

2019 年 6 月 27 日

夏夜述思

蝉啼梦断苦思秋,风起无端叹客愁。
闲坐危台西望月,流星尽处泛轻舟。

2019 年 7 月 30 日

夜游云龙公园

蝉啼烟柳寒，蛩咽细菊残。
山远斗星点，波横映碧栏。

2019 年 8 月 3 日

处　暑

寒灯濯渚莲，幽草眠秋岚。
何处箫声怨，梦迟倚碧栏。

2019 年 8 月 23 日，于北京，参观世博园。

沛城晚景

新月初升堤上柳,归鸿音断满城秋。
遥思相与长安夜,诗梦难成泗水流。

2019 年 9 月 1 日,己亥年八月初三,周末

秋 夕

疏窗寂对晚晴,叶落阶凉无声。
红笺飘零似雨,只因嫁错秋风。

2019 年 9 月 6 日于南京

古体诗
Guti Shi

过南京玄武湖

月入平湖云水寂,星垂山影暗风来。
东舟夜渡金陵梦,霜落轩窗十二钗。

2019年11月5日,夜游南京玄武湖。

秋词二首

一

暮天远树低,荷晚半清溪。
月近西风瘦,客行惊鸟啼。

二

独上望江楼,夕晖送野鸥。
萧萧枫叶晚,薛笺寄君秋。

2019年11月7日于南京

冬日初雨等客不见

倚栏听雨微,孤鸟闲空飞。
黄叶飘湿翠,岚起客未归。

2019 年 11 月 30 日于沛县

云龙湖逢冬雨忆去岁渭河畔夜行

暮雨清湖映短亭,长天云乱剪冬风。
寒灯烟锁苏堤柳,远客湿衣暗夜行。

2019 年 12 月 1 日于徐州

冬晚过大风歌广场

高台远树低,灯冷落清溪。
欲语悬中月,寻风寄百思。

2019 年 12 月 6 日周末于沛城

冬　梦

寒梦微湖冷月迟,泊舟渭水夕阳西。
烟波渚柳惊风飑,谁念归鸿何处栖?

2019 年 12 月 8 日于沛城

冬至夜述怀

闲风不请乱敲窗，孤影伴身夜梦长。
忽觉今时仍是客，折枝梅雪寄山乡。

2019 年 12 月 22 日于沛城

初春，疫中晨雾，过沛县滨河公园

雾锁平林宿鸟惊，萧萧黄苇柳堤空。
轻衫渐冷湿烟雨，寂寞桥头泹翠红。

2020 年 1 月 13 日

庚子初春

新月归林似去年,轩窗竹影掩轻寒。
拂槛渐次白梅嗅,欲辨风急已杳然。

2020 年 3 月 2 日于沛城文化中心

周末行云龙公园

春日湖边取次行,鱼喋柳影苇芽青。
斜晖烟树闻栖鸟,燕子楼空望远亭。

2020 年 3 月 17 日晚

忆 春

晴风初上原,烟月露生寒。
拂槛难适意,湿花香渐阑。

2020年3月26日,忆魏君陪我初登胜利塬,游西府老街。

春 日

流溪漫落樱,露重篁竹鸣。
愿做徐行客,轻衣步远程。

2020年3月27日

归村二首

一

絮满青溪惹噪蛙,风疏二麦隐田家。
云归日暮红绡染,挽叶攀枝惊野鸦。

二

絮锁北溪村,谁家吠犬闻。
蒸烟俯故柳,竹影推柴门。

2020 年 4 月 16 日

晚 归

云收雨霁万蛙鸣，挂伞徐行宿鸟惊。
露重湿花铺满径，竹林尽处远疏钟。

2020 年 4 月 19 日晚于沛城

午 后

暖日对窗轩，茶残风卷帘。
轻眠诗意乱，倦梦望村烟。

2020 年 5 月 12 日于徐州

读《史记·高祖本纪》

兰梦蛟龙吟，酤行泗水滨。
泽中斩帝子，骊道亡哀民。
千载鸿门宴，一抔垓下尘，
大风桑梓起，长雨掩荒坟。

2020 年 7 月 4 日

刘　邦

贳酒冠行泗水滨，鸿门夜宴马鸣晨。
悲歌击筑湖城醉，暮雨长天自做邻。

2020 年 7 月 4 日

雨后村归

雨霁檐花残,万蛙隐暮蝉。
柳风悲客远,空翠俯蒸烟。

2020 年 7 月 26 日

村居秋暝

夕下苇篱短,阑风落野红。
堂前疑旧燕,屋后似新松。
细犬闻声吠,柴鸡厌啄虫。
邻家传问语,月洒小庭空。

2020 年 9 月 13 日于沛县陈庄

仲秋寄子

深霄月影处,松落少一人。
中岁伤秋暮,青年慰远尘。

2020 年 10 月 5 日于徐州

夜宿启东

倚栏听雨望江楼,桂影萧疏挽素秋。
夜雁寂飞栖未处,寒灯远照碧沙洲。

2020 年 10 月 15 日,夜宿启东,小雨。

公事毕别重庆

十月江城万木寒,秋水波涌雾里滩。
巴山不见船笛远,一许雨烟半寸闲。

2020 年 10 月 31 日于重庆

闻麟游初雪

空山初过雪,径野鸟无痕。
风动当年柳,谁思觅旧人?

2020 年 11 月 22 日

夏　夜

遥夜蛙声碎，灯孤客不眠。
窗迥听雨淡，风浅梦疏残。

2021 年 7 月 17 日

夜行次疫后

独行溪路闻鸟鸣，露重新滩野苇生。
縠皱清波烟月起，疏林深处影无声。

2022 年 2 月 22 日于沛城

再回麟游（二首）

一

夕暮长天过洛阳，远山共影雨寒凉。
风行怯望长安柳，去日霜红取次伤。

二

长天薄暮入陈仓，浮影山重经凤翔。
归雁不知冬日短，风清云醉柿已霜。

2022 年 11 月 11 日于宝鸡

疫中晚景

风瑟云凝泗水潇，拂烟半卷红旗飘。
楼台不见平常客，巢燕比邻月上梢。

2022 年 12 月 19 日于沛城

行西安途中晚景

夕暮余天迟景寒，洛阳渐至望长安。
霜枫叶重乱飞鸟，闲月芙蓉映碧栏。

2023 年 11 月 22 日

松风集
Songfeng Ji

词作
Cizuo

/

十六字令
十六字令
十六字令
……

十六字令

桐！绿漫钟山独自行。斯人逝，空断故人情。

2018年4月9日于南京中山陵

十六字令

飞！风飐彩旗势崔嵬。霜云萃，胜日再举杯。

2018年6月10日，贺麟游首届半马。

十六字令

急，倾覆黄河日月移。星辰落，漫道卷红旗！

2018年11月5日，于吴堡，参加苏陕协作项目观摩会，在黄河岸边，看红旗漫卷，水流湍急。

十六字令

归！村外儿童问是谁？柴门闭，竹影掩夕晖。

2020年5月3日，于南京溧水，去朋友处，村头偶遇儿童，笑问找谁。

十六字令

听！月落云湖宿鸟惊。旅人远，疏影伴寒灯。

2020年5月4日晚，行云龙湖，堤顶略显冷清，对岸山影朦胧。

十六字令

窗，影透新纱满地霜。君何在？晨月趁风凉。

2020年5月17日，回村夜宿。

一剪梅

旅客孤行雁邂云。山也含春,水也含春。日斜一村又一村,远是黄昏,近是黄昏。

小院留风谁叩门。归知感恩,去知感恩。抚琴听雨夜已沉,梦亦思君,醒亦思君。

2018 年 2 月 20 日于宝鸡胜利塬

一剪梅

月浅潭深凉似秋。桥横九曲,山影城楼。寂寞将址为谁修?凤回天台,漆水咽流。

风落千年未解愁,涧树萧萧,星点枝头。书丹易存人已逝,情也悠悠,恨也幽幽。

2018 年 4 月 4 日,于麟游,夜游西海苑,九成宫遗址。

永遇乐

　　秋照斜阳，西风怡翠，云淡水廓。渭河之滨，荻花初紫，寂寥钟声柝。红袖曼舞，柔荑轻扣，惆怅其华灼灼。醉伊人，莲步漪迈，醒来小道漫踱。

　　若兰蕙质，璇玑九曲，望倾关山如昨。风物犹在，时光已逝，泣泪绿珠酌。少年追忆，安当羞愧，但愿古今相若。怨天高，秦岭难阻，月浅星落。

　　2018年4月17日，宝鸡建国饭店，坐窗前，看渭河水流汤汤，想起自己已来陕年余，感慨时光飞逝。

永遇乐

　　峰嶂叠峦，青川衔翠，冷月寂照。西海鸳鸯，倚荷对眠，风动细柳摇。凤鸣岐山，麒麟东望，回首周唐已杳。夜茫茫、无处寻梦，凭水榭意缥缈。

　　千里孤客，陈仓古道，遥想彭城多娇。殿楼湮残，佳人已逝，惜叹不妖娆。人生如戏，虚妄难自，犹若暗夜拂晓。路迢迢、九成宫阙，永之呆呆。

　　2018年4月24日晚，游九成宫遗址，遥想当年的繁华绮丽，对比早已倾圮的残墙断垣，难以释怀。

更漏子

柳绵飞,桑葚绿,啾唯雏鸡老屋。归雨燕,小庭空,石榴花透红。

桐花落,惊飞鸟,寂寞池塘芍药。意恐迟,立柴门,思君不见君。

2018 年 4 月 30 日,回老家,拜访老友,不遇。

诉衷情

朝露,归去,闻燕语,麦衍花。青杏小,风绡。煮新茶。檐下采椿芽,鸣蛙。炊烟拂日斜,忘天涯。

2018 年 5 月 8 日,早晨,回农村老家,新麦正在衍花,听蛙鸣不断。

长相思

渭水长，渭水长。古道西风叹残阳，谁人感世殇。

意迷茫，意迷茫。爱到无声最凄凉，月寒照晓窗。

2018 年 5 月 11 日于陕西宝鸡

三字令

天欲雨，柳花凋，蔷薇萧。山漫卷，路遥迢。燕翻飞，素笺重，何人捎？

薄雾绕，页岭长，梦彷徨。抚殿阁，倚幽窗。忆柴扉，昨不再，断愁肠！

2018 年 5 月 14 日

沁园春

乍遽南风,漆流禅影,宫阙蔽氤。望青莲烟照,白鳞律动,群山错翡,气象伟赟。蛇路遥迢,紫槐烂漫,此景悠然面含春。佛堂寺,挂牵逾经载,无事不询。

回首昨日梦陈,今朝看、乡亲粲笑频。忆泗水之畔,神阑意散,酹酒邀月,兀自逡巡!浮日偷闲,椿萱膝绕,落魄人生谁问津?初心召,大风歌再起,豪气干云!

2018年5月25日,麟游常丰镇。三个协作项目贫困户分红二十余万元,惠及五百多人,欣然,记之。祝乡亲们生活越来越好,愿沛麟两地早日携手奔小康!

浪淘沙

云卷窗含山,独坐阑珊,雁飞日暮悔从前。豪气渺尘风吹去,兀自难言。

忆泗水潺潺,秋去冬寒,日暇草舍膝承欢。时光无涯心适意,浅语轻谈。

2018年6月5日夜,宿西安,南望秦岭,思念父母。

渔歌子

山野人家分外忙,布谷声促惹豆娘。行杜水,百里长。忽闻小麦梦中香。

2018年6月6日,去招贤路上,闻布谷叫,望杜水潺潺,念家乡收种繁忙。

菩萨蛮

关中遥望彭城月，小庭风叹竹声咽。纱透蛩音忧，灯昏瘦影愁。

曾经临玉树，今日泪浊目。揾袖终为谁，殢人生屡悲。

2018年6月8日，夜闻三弟突发重疾，心急如焚，可千里之外，却只能祈祷祝福，愿早日康复。

满江红

　　静夜星疏，石壁伣、路崎车顿。山欲倾、削峰霄刺，孤鸮声迅。忽疑此情从梦境，梦中长悲天琴喑。忆来时、别酒伤漂泊，行安稳。

　　槐香浅，胡桃荫。风猎猎，麋鹿遁。向竹林尽处，玉女潭深。经过方知百姓苦，影单力逊独自懑。困此中，风物非吾家，谁人问。

2018年6月9日夜，来麟游周年余。回首工作，感觉与想象有很大差距，有时深感无力，可又有不甘，记之。

感恩多

自徐州泣别,心绪千千结。泪浊双鬓衰,命难违。

几度愁思梦浅,夜无眠。夜无眠,欲问苍生,悯人间晚晴。

2018年6月17日晚,父亲节,忆离徐辞别父亲,他已不能行动、说话,但知我将远行,泪流满面。

江南春

秦岭月,渭河湍。离原西海碧,唯叹山村寒。孤鹰折翅穿苍怨,长啸青峦一冲天!

2018年6月19日晚,宿秦岭鸡峰山下。

词作

摊破浣溪沙

残月屏山病客羁,千里寻梦梦难期。孤谛竹院困蛩咽,谁人思?

佳日曾经听暮雨,凭阑西海烟笼漪。雏柳曳风风不怨,小船低!

2018年6月24日晚,次屏山下,小憩。

采桑子

空山疏雨枫林晚,玉女潭深。玉女潭深,独自徘徊,何日不思君?

伤心枕上浮清梦,客泪浅痕。客泪浅痕,小院留风,苔绿静无尘。

2018年7月4日,周末,游麟游玉女潭。

画堂青

雕栏玉砌碧花繁，竹园小径杜鹃。南风怨柳乍惊蝉，谁忆从前？

慵沏香茗已冷，酒阑衣宽妆残。绮窗凉月照人眠，何处悲弦？

2018 年 7 月 11 日，观麟游唐井。

阮郎归

新蝉鸣夜浪拍堤，熏风吹月迟。路曲意懒酒村迷，绿珠醉燕栖。

脚步乱，星已稀，朱颜碧栏倚。水潺语荷君思归，野凫惊梦飞。

2018 年 7 月 24 日，周末，酒后夜行，微山湖畔。

莺啼序

云龙卧岚叠翠,凝风烟锁雨。嗟倦客、独倚青栏,顾苍茫、身何处?莲花落、微湖茫茫,连天荷叶无私语。进阶登高望,风吹笑声浅疏。

燕子楼空,绮窗独守,蔓藤承霜枯。玉箫咽,伴晓残灯,细竹伤送愁绪。瑶琴绝,松柏缭雾,佳人去,幽音谁附?步危楼,风物犹存,痴情难遇!

黄茅岗短,绿野十里,星点万千树。醉子瞻、草屦葛衣,泥满城头,筑建黄楼,剑斩河房。苏堤漫道,水吻垂柳,闲时把酒花间困,遣诗篇,忧忿家国苦。相思寄泪,楚江奔流悠悠,放鹤千载终去。

虞姬恨别,迟暮英雄,引乌江怨怒。大风歌、润泽天地,猛士四方,羽扇纶巾,碧山群聚。回首新景,恍如昨梦,人生何能不悲秋?叹世间、今古满酸楚。兹知自似渺尘,著风飘零,月冷夜露。

2018年7月28日,从陕西再回徐州,漫步云龙湖畔。

捣练子

雏燕倦,柳丝长。蒹葭初蘖小鸭黄。蚱蜢飞,蝌蚪藏。

炊烟起,细风凉。蜻蜓戏水鱼浅翔。帽遮颜,醉松冈。

2018年7月31日午,中午小酌,信步西海苑。

酒泉子

钩月映窗,塞外秋叶落早。络纬啼,西风哨,夜已央。

残灯伴梦铁马啸,千年音未杳。天山苍,昆仑峭,野茫茫。

2018年8月13日于新疆伊犁

南歌子

夜雨银筝断，衾薄翠珠寒。鲛泪相思钻。声阑黄栀嗅，梦君还。

2018 年 8 月 14 日

潇湘神

寒雁飞，寒雁飞，秋风残月撵山归。楚客泪闻悲雨骤，晓灯窗静梦急回。

2018 年 8 月 22 日，闻家乡遭百年不遇水灾，心中挂念，再记。

秋风引

寒蝉凄,归雁啼。卧柳北风瘦,枯荷孤鹜栖。人生痴半如残月,梦醒泪冷无相思。

2018 年 9 月 7 日晚,宿扶风,感天气寒凉。

清平乐

雨潇点点,窗外枫林染。山寂庭深石径短,旅客欲眠梦浅。

秋来秋去如常,不知觉鬓已霜。日暮西风渐冷,燕归何处谁伤。

2018 年 10 月 9 日于麟游周转房

花非花

秋风悲,暗蛩怨。冷月残,孤星伴。灯萧庭寂夜阑珊,欲梦衾寒忧不见。

2018 年 10 月 25 日于宝鸡

花非花

蝉声绵,鸟声浅。月影摇,丝竹远。临池双梦唤鱼同,梦去灯残愁夜短。

2018 年 10 月 28 日

捣练子

霜树重，远山苍，星冷风寒夜梦长。欲解死生可期约，奈何弦月照芸窗。

2018 年 10 月 30 日于甘肃天水

夜梦寒风吹落燕巢

哀噫哉！昨夜朔风起，折空枝。空枝断，何以忧？只因空枝有燕栖。巢圮梦碎，劳燕悲，四顾茫然，泪眼猎红旗。新巢倾，旧窠败，今冬何处去，今生何所依。忽有新雪，无约期，毫不畏我，身冷心又疲。颙望秦岭高峻寒，唯能低首寄遥思。罢，罢，罢，理羽振翮故梓归。屋前有小溪，屋后桑榆植，屋左秸花开，屋右细柳栽。屋内有栋梁，绕梁三匝飞。台梁自在何所惧，台梁自在何所忧，台梁自在何所求，数年归尘埃，渺尘观风再无漪。

2018 年 11 月 20 日夜于麟游

临江仙

　　静夜千里闻病讯,泪目望远难言。斑竹萧瑟月倚栏。灯昏梦断,反侧怨轻眠。

　　多恨人间欢乐短,年中常忆从前。春霜冬雪锁炊烟。余生唯愿,偕你逮秋蝉。

2019 年 3 月 6 日,夜遥闻舍弟染疾,伤怀。

菩萨蛮

　　青莲如梦天如水,柔云卷雪点点翠。风正入平林,幻蝶出柳荫。

　　草长掩废垒,径曲隐寒苇。高处远烟尘,新村连故村。

2019 年 3 月,归期将至,登高东望,感怀。

减字木兰花

笙歌幽咽，别泪涟涟谁是客。清酒香阑，夜半柳风独自寒。

兰心飞度，月断秦岭无去处。山影高楼，对坐晓灯点点愁。

2019年4月8日晚，即将离陕归苏，陪友人在宝鸡春风十里小酌。

苏幕遮

暮春寒，霜柳絮。花落香残，月掩页岭路。眉黛凤鸣烟织缕。山寺钟鸣，寂寞青莲树。

醉长安，桑梓渡。昨夜轻眠，离梦谁人误？新桂扶疏洇夜露。竹影描窗，化作心头雨。

2019年4月27日，结束两年援陕工作，明早就将离开，一夜难眠，一切回望如昨。

荷叶杯

舟横小溪孤影,桥冷,断夕晖。短亭烟柳月心荡,谁怅?寂风吹。

2019 年 7 月 4 日,行侣楼河。

荷叶杯

疏月秋湖柳影,波冷,画舟行。雁声何处惊思客,独坐,忆春风。

2019 年 10 月 26 日,夜过云龙湖忆麟游西海。

如梦令

纤月湖平桥冷,燕子楼空孤影。情逝恨无眠,叶落闲庭梦醒。帘动,帘动,此刻夜深灯静。

2019年8月4日夜,过云龙公园观燕子楼。

忆江南

竹影乱,浅醉卧凉亭。纤月弄云霜满地,点星若隐远轻鸿,浮梦枕西风。

2019年8月8日

忆江南

　　湖亭冷,烟露湿秋衫。中月无声虫暗咽,相思难断暮鸣蝉,凉梦入风寒。

2019 年 8 月 16 日

归自谣

　　枫叶落,山外霜天北雁过,斜阳依旧烟树锁。小窗半掩笛声咽,西风怯,离人梦断清溪月。

2019 年 10 月 10 日于徐州沛县

伤春怨

暮惹苏堤柳,蒲草芜杂如旧。径曲海棠红,影乱无人左右。

梦君夜行昼,竟觉春已瘦。波荡月华轻,倦燕语、匆匆走。

2020年3月29日,宿西安,梦行云龙湖。

阮郎归

东坡十里柳含春,夕余坐看云。清溪薄岚渐暮昏,翠烟绕远村。

星已淡,夜微醺,谁人理妆裙?酒残杯冷不知温,相思入梦魂。

2020年4月1日晚,行徐州云龙山。

采桑子

故园烟淡寒池柳,归处鸭鸣？归处鸭鸣,黄苇枯荷尽疾风。

小庭依旧村笛远,桐落榴红。桐落榴红,浅露阑干初月明。

2019 年 10 月 1 日,回故乡。

采桑子

阑风疏雨桐花落,孤自穿林。寒树烟云,子规声里渐黄昏。

小舟独系溪桥冷,暗自伤寻。晓梦书君,又是一年尽暮春。

2020 年 4 月 19 日,谷雨,沛城。

卜算子

那日月华轻,云影低秦岭。篁处泉鸣烟树寒,露重夹衫冷。

今日忆长安,楚客三年梦。酒醒风阑伫阶凉,小院疏窗静。

2020 年 4 月 23 日

青玉案

青波半溢柔云卷,极目眺、苍山远。渚柳依依白鹭淡。孤舟停棹,絮飞点点,樱落海棠浅。

莺鸣清影伤春短,风物萧然曲行缓。独坐闲亭空向晚。一抹夕烟,溪灯几盏,寂寞双飞燕。

2020 年 4 月 25 日,忆行凤翔东湖。

忆王孙

杜宇声慢忆他乡,访处无人山影长,烟翠榴红掩碧墙。道寻常,风起青荷立暮阳。

2020年6月7日,西安曲江访人不遇。

鹧鸪天

雾月烟云石鼓山,凉亭凝语坐听泉。萧萧枫叶偎风影,千里长天惊雁寒。

蛩音浅,夜微阑,枕间疏梦旧情欢。人生何处寻适意,雪落东湖醉卧轩。

2020年6月18日,于沛城,夜梦石鼓山。

南歌子

溪路孤星坠，轻灯浸夜长。晚风疏柳蛙声凉，泗水潺流静处、又端阳。

浮枕长安梦，樱花落砌香。芙蓉浥雨透轩窗，凝望翠微苍远、离人伤。

2020年6月25日，端午节行古泗水河忆夜游西安大唐芙蓉园。

小重山

烟月灯疏竹径寒。倏忽风打叶、静闻蝉。伫行才觉夜已阑。溪桥冷，幽处水潺湲。

鬓白不知间。晓眠秋雨落、梦空山。人生何处有清欢？孤舟小、一棹两别宽。

2020年9月13日秋夜于沛县陈庄

行香子

疏雨阑珊,漠漠轻寒。柳亭短,絮满阶前。西府棠瘦,一地红残。望影中桥,渚中柳,溪中船。

风卷重云,归处青山。恍如昨,又是一年。且寻清夜,醉卧湖轩。梦松窗开,槐荫浅,月倚栏。

2021年4月25日,忆从陕西归来一周年。

忆王孙

清夜蝉断柳荫寒,燕子楼空影摇栏,杜宇声孤又经年。忆从前,独坐溪亭怜月残。

2021年7月17日,夜过云龙公园。

江城子

微云疏影谁家楼，碧水流，绕沙洲。藕花点点，香暗渡轻舟。远蝉鸣尽何处去，一片月，半城秋。

2021年8月18日，晚归，过鸿鹄园。

满庭芳

翠霞抹云，孤村夕照，林樾疏处炊烟。野鸦声慢，苍色锁青山。躲进小楼且好，酌淡酒、对影两端。窗竹静，夜阑风止，浅醉忆故颜。

倚栏，拂旧雨，夏来春去，两别难还。更几多悲寥，才堪清欢。莫怨灯残茶冷，伤心处、天地一宽。悬中月，点星做伴，笛横远无边。

2022年7月14日夜，悼父。

十六字令·秋

秋！竹影莺啼月半楼。霜林远，溪上故人愁。

2023 年 9 月 15 日晚

江城子·夜过沛城鸿鹄园

夜阑星落碧寒空。过溪亭，柳衔风。林疏径远，隐点点秋灯。遥月升云传断雁，霜露重，小城东。

2023 年 9 月 20 日

行香子·仲秋

收尽秋田，多几横阡。长天阔、日暮乡关。梧桐惊落，枫叶如丹。望夕阳下，霞光远，凌烟寒。

金风萧肃，岩桂香残。又仲秋、别后终宽。酒阑漏断，名利人间。梦湖中月，岸边雪，竹里轩。

2023 年 10 月 2 日晚于汉源宾馆

南乡子·细雨浥彭城

细雨浥彭城，耿耿秋灯照落桐。青巷孤行衫渐冷，匆匆，竹影扫阶空短亭。

窗闭任西风，梦入清山桂月澄。湖下小船荷半掩，轻轻，梦醒香疏已五更。

2023 年 10 月 6 日于徐州

长相思·秋暮

过短亭,望长亭。日暮星沉碧水澄,烟寒别客行。

柳叶青,枫叶青。霜树西风辞小城,晚窗点点灯。

2023 年 10 月 13 日

唐多令·再回麟游

极目万川寒,霜林凌紫烟。已六年、再过屏山。西海廊桥仍九曲,泊舟在,隰荷残。

浮梦月波闲,雪轻落碧栏。漫竹庭、终觉衣单。新酒长饮辞故旧,留不住,镜中颜。

2023 年 11 月 25 日于 G1926 列车